给我辽阔的

阿华 ○ 著

山东文艺出版社

目 录

辑一 给我辽阔的

给我辽阔的 ………… 2
人间珍贵 ………… 4
琥珀色的黄昏 ………… 5
山中所见 ………… 6
坐看云起时 ………… 7
初春记 ………… 8
瓜熟蒂落 ………… 9
有人翻山越岭送花来 ………… 11
晚风吹花穗 ………… 12
溪水喧哗，却比雨声更轻 ………… 13
风过小树林 ………… 14
春风又一年 ………… 15
期待春暖花开 ………… 16
我所知道的秋天 ………… 17
梨树镇 ………… 18
我的天空 ………… 20
棉花山下 ………… 22
刘家台 ………… 23

花好月圆 25
新雪落在旧雪上 27
六月山野 28
这是忧伤 29
孤岛芳菲 31
秋天的梨树镇 33

辑二 松针青,松针黄

野地里的小车轮 36
途中的一年蓬 37
打碎盘子的向日葵 38
与小叶槐有关的黄昏 39
松针青,松针黄 40
萱草还没有开花 41
一棵蒿草高过三月和四月 42
蕨类的春天 44
栾树的花多么繁密 45
刺槐招展 46
铜钱草 47
风吹着,落叶飞着 48
卉木志 50
红豆记 51
孤独的杉树 53
落羽松 54

花儿开得很好　……　55
接骨木　……　57
花楸树　……　59
我所知道的紫叶李　……　60
曼陀罗，你看　……　61
空心菜　……　62
地锦不在地上　……　63
一棵失败的卷心菜　……　65

辑三　南风吹树，吹出泪花

练习一个人　……　68
又是一年　……　69
看到第几条你哭了　……　70
这一天　……　71
落花流水　……　73
南风吹树，吹出泪花　……　75
玫瑰的木质片段　……　76
你看那月亮的脸　……　77
我在等一个善良的邮差　……　79
藕断丝连　……　81
一个离家多年的人　……　82
迷路记　……　84
你不在　……　86
祈祷词　……　87

深秋的山林 ………… 88
我记得你 ………… 89
慈 悲 ………… 91
寻药记 ………… 92
你还好吗 ………… 93
半个月亮 ………… 95
落 霜 ………… 97
我是一个孤独的人 ………… 98
山中小记 ………… 100

辑四 松诺的困惑

商 量 ………… 102
牧羊人桑吉 ………… 104
叶 问 ………… 105
天降日 ………… 107
已经停不下来了 ………… 108
帮我问一下啊 ………… 110
一个独行的人在匆匆赶路 ………… 111
欢 喜 ………… 112
降 雪 ………… 113
车过可可西里 ………… 114
帕羊镇 ………… 115
已经很低了，还要再低？ ………… 116
莲花山上 ………… 117

给马念佛 ………… 119
牧 羊 ………… 121
不 问 ………… 122
鲸 歌 ………… 123
答非所问 ………… 124
海边的生活 ………… 126
我还是我自己的敌人 ………… 128
你所不知道的 ………… 129
海洋馆里的巨石斑鱼 ………… 130
松诺的困惑 ………… 131

辑五 长 歌

燕子山 ………… 134
蝴蝶记 ………… 151
写给R的十一封家书 ………… 162
与贝草厼有关的叙述 ………… 171
魏峰山：一曲写给家乡的悠扬长调 ………… 188

辑一

给我辽阔的

给我辽阔的

给我辽阔的， 是这人间的梨树镇

我曾在黄昏来临时， 去坡地散步
也曾在河边， 看到菖蒲在风里
摇摇摆摆

在梨树镇， 我看到桃树
萌芽， 生叶， 抽枝， 开花
也看到， 蚁群在运粮， 大雁往南飞

—— 紫叶李的最后一片叶子
自由自在地落地， 又满心欢喜地腐朽

给我辽阔的， 是这人间的梨树镇

墙壁上的爬山虎， 深幽又柔韧
草本的旱莲草， 秋天里落下了籽

你问我， 更喜欢鹅掌楸
还是乌桕树， 我无法回答你

但我知道， 在这里
这人间的梨树镇， 我体会到的爱
没有面额， 无以数计

原载《诗刊》2014 年 8 月号上半月刊

人间珍贵

每个灵魂都是独一无二的存在，每个
见面的人，都会说
你好，遇见你很开心

雪野湖边，我也是这样遇到了
相识多年的知己

它们是短尾铁线莲，和一身
戒备的悬钩子

我拍照留影，告诉远方的友人

"所有的植物，都有着永恒的
善良和慈悲"

我没有说出的是
人间珍贵
我们走了很多路，才重新回到童年

原载《鸭绿江》2020 年第 3 期

琥珀色的黄昏

一棵玉兰在开花，一阵风在歌唱
一只受伤的蛾子
扑闪着翅膀，栖在了树枝上

琥珀色的黄昏，我的爸爸迷了路
他在东山吹着铜喇叭

他的身边，一只蚂蚁在地上跑
一只鸟雀在天上飞

一只低头的羔羊，悄悄落了泪
它在春天的山中信步
它还没有看到芒花白头

琥珀色的黄昏，一棵玉兰在开花
一阵风在歌唱

一只受伤的蛾子
扑闪着翅膀，栖在了树枝上

原载《诗刊》2020年4月号下半月刊

山中所见

蟋蟀草的天真，无可比拟
它觉得走过的所有路，最后都能
成为美丽的彩虹

铁线莲很自负
但它的性格里，真的有如岩石般
坚硬的一面

"所有的植物，都各争其时
各安其命"

对它们来说，最好的光阴
就是看了斜阳，又看新月

对它们来说，最好的结果
就是把根深埋土里，种子能去远方

原载《鸭绿江》2020年第3期

坐看云起时

美到蚀骨的东西， 谁都迷恋
那一年， 在梨树镇
我看到路边的大叶黄杨
一寸一寸地， 抽出翠绿的枝芽

也看到紫色的桐花， 漫天飘落
仿佛一个人的童年， 正悄悄远去

那一年， 我有莫名的惆怅和疼痛
波澜起伏的内心， 装着清风和虚无
流水和火焰

那一年， 世界还没有下雨
却有微风， 微浪
和停不下来的荡漾

河堤蜿蜒， 伸向无尽的远方……

原载《山东文学》2012年山东新锐作家作品专号

初春记

从天堂跃入人间
弹性的水有着精确的计算
与身边太阳的光芒相比
它的纯净里加入了些风的重量

有时候，这流水也暗含着
猜测，打探，确认
在河流拐弯的地方
先是犹豫，然后才是一泻千里
转瞬即逝

我已不记得，春天赋予这田野
多少明亮和开阔
但我却知道，种子在地下膨胀
树木的枝丫天天向上

我熟悉这样的心花怒放
现在，忧伤还没有笼罩它

原载《中国诗歌》2010年第7期

瓜熟蒂落

水是有源的， 树是有根的
在梨树镇， 指定每天都看到
满月的人， 是自欺欺人的

但饱满的稻穗不管这些
饱满的稻穗只管用金色的纯光
包围秋天的原野

它的身边， 马驹过隙
山峰回转
牵牛花一早一晚都开得大俗大雅

熟透的果瓜也不管这些
熟透的果瓜只管在疏离之中
说些慢言絮语
看一只只麻雀从枝杈间悄悄地飞过

宽容的山水管不了海风
刺桐也管不了蔷薇
时光之书在这里

也只是点到为止
让瓜果成熟，蒂落下

一切都藏在他山河锦绣的书卷里

原载《山花》（下半月）2010年第3期

有人翻山越岭送花来

在梨树镇，我喜欢的美好
事物有很多

——有人抱着陶罐，去河边汲水
有人倚着栏杆
看这一湾春光秋色

——黄叶落在溪水里
那金光的闪烁和跳跃

——灌木丛中，石楠升腾起
红色的火苗
一只柳莺落在了柳枝上

如果只允许留下一个，我愿意
是这个

——有人翻山越岭送花来

原载《诗潮》2021 年第 4 期

晚风吹花穗

一朵铅灰的云，对着另一朵
绯红的云倾杯

它们都有不被岁月赏识的怠慢

坡地上的植物，在饱饮过雨水之后
是膨胀的，欢愉的

它们的爱与喜欢，总是一心一意

走在夜晚的梨树镇，我总会想起
从前的时光，少年的你

那时候海棠结苞，牵牛正好
屋檐下飞出了蓝翎鸟

—— 人世美好，我们都在其中

原载《星火》2020 年第 3 期

溪水喧哗，却比雨声更轻

每年春天，斑鸠都会带来
新的种子和记忆

少女也爱春天，她们以花粉
过敏者的名义
爱着山野里的芨芨草和波斯菊

那些植物，都是一年一生
一年一死
雨水使它们成为春天馥郁的一部分

春天去爬栖霞山，我会带着一本
薄薄的《诗经》

如果觉得不够，那就再带一本
厚厚的《植物学》

原载《诗潮》2021 年第 4 期

风过小树林

春天的雨水， 把岸边的石头
洗得柔软
飞走的灰椋鸟， 又落在旁边的树枝上

这一季山河醉人， 虫鸣和月影
——就位
这一季的流水， 带着喧嚷

这一季， 故人逝去如同
火焰熄灭
这一季， 鱼鳞云也没有带回爱情

风过小树林， 落雨如袈裟

这一季， 每一个黄昏
都适合祈祷
只是我没有办法让疼变小

原载《广西文学》2020 年第 8 期

春风又一年

有时是半亩棉田里，响着
新生的蕾铃

有时是日长风暖，杨柳飘絮
油菜花开遍了山川大地

有时也是草木香泽，山遥水远
风将各种花色信手拈来

路过梨树镇，我内心一荡
很想写封信给你

告诉你，此时云朵满山遍野
一年一季的花开啊，都是我
喜欢的样子

原载《诗刊》2020年4月号下半月刊

期待春暖花开

期待一只蜂箱，赶紧长出
一层碧绿的青苔
而半亩棉田，已绽开新生的棉蕾

期待小满时候的稻禾，能提前
开始灌浆

而地里的泥胡菜，已开出
线形的小红花

太期待春暖花开了

太期待阳光灿烂，雨水丰沛的
季节早点到来

"……我想抱着一个人大哭一场"

"然后，去田野里打个滚
然后，看一场又一场花开"

原载《山东文学》2020 年第 4 期

我所知道的秋天

我所知道的秋天，就是日短夜长
草木将黄
就是天高、云淡，蒲公英去了远方

我所知道的秋天，就是风和雨打架
开在河床的水花
开始穿上瘦身的衣裳

时间的指针在树影里嘀嗒
秋光下的桂树
带着黄金的光芒

"花快要落尽了，但它
幽香的影子还在"

在梨树镇，我所知道的秋天
是花好月圆
也是人长健，岁岁长相见

原载《特区文学》2021年第4期

梨树镇

没有雀跃， 并不等于没有心痛
重返梨树镇
我又看到了当年的红柳和沙棘

时光总是相似的
四月的蔷薇看不到九月的黄葵
死去的人看不到早晨的霞光

他们用阴云暗示大地
用锈弦暗示破碎
那是些骨缝里藏着悲伤的人
那是些失去盐分一言不发的人

而活着的人， 将慢慢习惯
落寞垂败， 抑或东山再起

在梨树镇， 骨头的支撑力小于
世俗的压力， 云压得低

借用劳伦斯·吉尔曼的话说：

就像是让人心碎得失去理智的忧愁
一发而不可收拾
在低音提琴和大管的持续低音之上
小号尖厉的音响
表现出天昏地暗般的悲伤

原载《诗探索》2010 年第 2 辑

我的天空

剥出的豆子像散碎的绿宝石
在邻省的版图上面
它的前身一直丰茂深邃

而最亲的人， 在前年
成了异乡人
像一滴水在他乡漫游

"手摸不到的就是远"
我对着榕树
说出我的沮丧和颓唐

天空那么大， 那么远
我必须适应它的辽阔和深邃
树林那么密， 那么绿
我必须让内心更加温暖和虔诚

而此时， 黄昏桃色， 丝绸暗淡
如果有轮回这回事
我的亲人是不是也可以像

野草莓那样，重新回到
果汁鲜红的年代

"一生热爱，回头太难"
有时生活也徒有虚名
我哭泣，广阔的莲叶下面
藏着我草虫呜咽的乡村

原载《诗探索》2010 年第 2 辑

棉花山下

旷野， 多青麻和桑叶
流水， 多怜悯之心

而我只钟情于， 输掉琴音的灌木
发出孤独喊声的乔木
摆出喧闹姿势的藤条
一些还没有结出果实就死掉的花朵

几天以前， 我独自来到这里
看到遍地金黄的松针
和草丛里的兔妈妈

也看到麻雀惊飞， 压低的芦苇
弹回从前的高度

这里空旷， 寂寞
好像从没有人来过

原载《飞天》2019 年第 9 期

刘家台

当我写下刘家台
我依旧有叙述的不确定性

我不知道我要说的是
怀才不遇的浪子， 还是
做橱窗设计的单身母亲

我从不寄希望于青春、 爱情
和妙笔生花， 也不希望
此地就是天上人间

我要打开的结是
人的一生有几个故乡
一个故乡里有多少个亲人
谁在经历情感的缺失
谁在经历生存的压力

我要打开的结是
这乡愁可像多年生的宿根草本
秋冬时节凋零， 来年依旧花开似锦

我看到的刘家台

杨树飘絮， 芍药开花

马蹄莲在腐殖土里长大

带到他乡， 依旧姓马

用祖先遗留的根系， 治它的水土不服

而我不准备去怀旧

也没计划伤感

作为一个过客， 我看到的刘家台

它只是沧海里一粒干渴的沙砾

原载《当代小说》（下半月）2007 年第 12 期

花好月圆

岁月宁静， 我倚着槐树长大
在那个叫作梨树镇的乡村故土
时间有滴水穿石的力量
石头奔跑， 锈弦开花
沙哑的小号吹出青草的乐章

而我怀揣着清贫和忧伤
走在去往老家的路上
寂静， 落寞

事实是， 我一直都爱这个
季节的穷乡僻壤
风雨欲来， 烟岚满坡
瘦小的河流走向饱满
绿色的山岭暗藏着锦绣
藏在草丛里的那些昆虫
开始在黑夜里歌唱

那是夏天， 那是八月
路边的秋桂树开花了

亮堂堂的月亮， 它挂在天上

人们把这些美好的事物
叫作世间的花好月圆

原载《诗探索》2010 年第 2 辑

新雪落在旧雪上

新雪落在旧雪上，附近的山泉
暂时停止了喧哗

几只寒鸦，在栾树上来回地跳着
有时，它们就是会飞的果实

雪，白色的雪
有时也会像火焰，灼伤我的眼睛

昨夜，有人从村子里带回
一个坏消息

一个好姑娘离开了，她再也看不到
这里的春天了

"她曾经那么努力地活过……"

原载《诗刊》2018 年 1 月号上半月刊

六月山野

我给远方的友人写信，告诉他们

"山野里的花朵已经摆好了宴席
盛装的昆虫们也蜂拥而至

其中，一片毛地黄最为惊艳
它们铃铛般地开满了山野"

有那么一瞬，一只鸫鸟拍打着翅膀
从毛地黄的上方飞过

天空像刚刚剪开的蓝色绸缎
在它的身后，又秘密地缝合

信写得意犹未尽，于是后面
又加上几句

我跋山涉水，去那里
为的是看一个心里的人

原载《草堂》2018 年第 12 期

这是忧伤

友人和我谈起他们的故乡
江岸开阔， 水流疏畅
岸边的树木葱郁苍茫

而他们那浑然天成的小镇
原始， 古朴
有见过大世面的不动声色

我能理解他们的骄傲
每个人都会夸耀自己的故乡
而我， 除了一些大而无当的概念
什么都没有： 虚妄， 矫情
孤陋寡闻， 一生都没有离开家乡

作为一个浪漫主义者
我是有节制力的
谈话中， 从不涉及
兴建中的发电站， 青江边的化工厂

但这并不意味着

我就可以底气十足地
谈起身边的九龙湾和母猪河

人类的贪欲以及鼠目寸光
让我们再也回不到儿时
畅快淋漓的幸福时光

这是忧伤，但没法安慰

原载《飞天》2009 年第 2 期

孤岛芳菲

细小的蜂鸟，穿过黄昏、明月、清风
和虚无，内心也有小小的疑惑

"白色的槐花穿行于绿荫间
它们高飞低走，心里也有一座孤岛？"

……啼鸟、鸣虫和流云，带着莫名的
惆怅和疼痛，它们都回来了

和它们一样，我也刚刚完成
一趟愉悦的海上旅行

——孤岛如一粒珍珠，镶嵌在
入海口

像流水与浅沙，一次次谈到
迷失和回归

我们在这里，也一次次谈到
氤氲，温暖和苍翠

在孤岛，让我心动的事物大致有三种

—— 装着清风和鸟鸣的槐林
—— 傍晚的落日
—— 芦花头上的飞雪

原载《文学港》2019 年第 8 期

秋天的梨树镇

我怀揣着一个人的孤独
想到秋天的梨树镇，走一走

我想看看，身体里藏着雷霆的乌鸦
伤口里开出怎样的花

看看田鼠因祸得福的肉身和灵魂
在哪里找到了栖身之所

我想看看，低下头颅的野葵花
它们内心珍藏的白云、黄昏
以及爱情，怎样昭示于天下

大凡过去的，都永不会被交换
在秋天的梨树镇，金黄的结果
覆盖了葱绿的过程

而在时间另一端，我们曾经共同拥有
黑夜的冰冷和泪水的滂沱

我怀揣着一个人的孤独
想到秋天的梨树镇，走一走

我要摸一摸高大的皂角树，再看一看
夕阳下那漫天的云霞，对着墙角的那簇绣球花
我还要轻声说出这样的话——

我愿意一辈子，都这样生活在梨树镇
就像把一样东西用到旧，就像
和一个人好到老

原载《北方文学》2016年第1期

辑二 松针青，松针黄

野地里的小车轮

苘麻长在荒草里，给它唱歌的
是野地里的小蟋蟀

有雨的早晨，山气翠绿
美得忧伤
一只斑鸠拍着翅膀去了远方

苘麻开着花，结着果
身体里长出沙漠和草原

这野地里的小车轮，有着
细圆的锯齿
和棱角分明的轮廓

——秋天之后，我在时间的
废墟里
依旧可以看到苘麻花苞的旋涡

原载《诗刊》2020年4月号下半月刊

途中的一年蓬

只开小白花， 只有孤独的人
才懂得它的执着

只有一个想哭的人， 才明白
它的开开落落里， 点燃了什么

漫山遍野里， 一年蓬开得盛大
漫山遍野里， 一个人的悲伤
也是很多人的悲伤

原载《草堂》2018 年第 12 期

打碎盘子的向日葵

……他离开,带走燃烧的落日
迸溅的火汁

他离开——

像雪花落在江河,像羊群静静地
走在山岗

像饱满的向日葵,打碎了盘子

——满地都是葵花籽,却再也
拼不成一个圆

昨天我路过从前的村庄,听到一个
熟悉的人,在秋日里歌唱

"不是你亲手点燃的,就不能
叫作火焰……"

原载《文学港》2019 年第 8 期

与小叶槐有关的黄昏

环山路上，每晚都有救护车经过？
灌木丛里，秋虫喑哑，它们是不是
已集体进入了冬眠？

在我的窗前，又有两只鸟儿开始
筑巢了，它们都想为自己
建一个虚无的帝国？

此时的小叶槐，更多的是困惑和迷茫
没有一首诗可以为它提供记忆
也没有一首诗，能让它取暖

小叶槐，现在已经灯火通明
夜如果再深一些，我们就可以重逢了
喉头哽咽，眼泪润泽……

夜如果再深一些，小叶槐
我们就可以重生了。此后，你的身体
不会再被菟丝缠绕，我也不会再为俗事寄生

原载《文学港》2019年第8期

松针青，松针黄

松针也有百世轮回，松针
也懂因缘生灭

"菩提心，才是我唯一的护身符"
这本质的善良，带着天性的宽厚

有时回望百花盛开的山野
善和大美像静水深流

有时抬头看云，感觉其中的一朵
就是静坐佛陀的化身

原载《草堂》2018年第12期

萱草还没有开花

筐里的土豆会发芽， 田野的土豆
会开花
那时的青梅， 在乡村里长大

她吃蔬菜， 种粮食
心有草木， 向爱而生

那时的青梅， 是上升的体温
也是负责点燃的火种

渴望对话的人， 常常在黄昏里
自言自语

"……青梅枯萎， 竹马老去
从此我爱的人都像你"

她听少年说起忧愁， 那时的萱草
还没有开花

原载《诗刊》2020年4月号下半月刊

一棵蒿草高过三月和四月

梨花在二楼的枝头沉默， 地锦在
白色的院墙上
听 G 弦上的咏叹调

"是石头要开花的时候了吧？"

一棵蒿草， 高过了三月和四月
没有人告诉它惊蛰和春雷
它还是会靠风和云来判断

"一场春雪落在了田垄， 绿色的
卷心菜上还顶着雪……"

它的担忧是真的。 夜归途中
我踩着满地的落叶走路， 还没有
看到天上的星光

一棵蒿草， 高过了三月和四月
哀伤的春天之后
它还是要为明天铺好新的纸张

辑二　松针青，松针黄

"杯中的啤酒花开始歌唱
请相信
沉寂的石头，它就要开花！"

原载《诗刊》2020年4月号下半月刊

蕨类的春天

蕨类们蜷缩着叶子，探着头
像婴儿举起了小手

这些缀着雨水的植物，都带着
向上生长的螺旋桨

"风轻云淡的抖音中，蜂虫的鸣唱
才是最好的伴奏"

花朵盛开的早晨，铁线蕨
和狼尾蕨
在大自然中找到了安慰

——春天真好啊，春天的善良
总是见者有份

蕨类们心底的旧伤，被悄悄地治愈

原载《广西文学》2020 年第 8 期

栾树的花多么繁密

久旱的甘霖，供养了轮回的草木
天空的星辰，带着擦肩而过的悱恻

——那一夜，它目睹了一树
繁花的秘密

"人生到处是一见钟情，却无法
再次相逢"

蒜头抽芽，菜心开花
悠长的夏日，足以安慰人生的薄凉

——远处，一片金碧辉煌

看，栾树的花多么繁密，小蜜蜂
正敛着翅膀飞行

原载《广西文学》2020年第8期

刺槐招展

刺槐招展，花落处有绝对的静止

我将茶叶炒饭，导致的结果就是
一个晚上的不眠不休

"在忧郁到来之前，请先斩断它
蔓延的触觉"

风总是先知先觉，它看到了
一个望月人的孤单和悲伤

在它的婉转和犹豫当中
醒来的昆虫，悄悄擦亮了眼睛

五月，刺槐招展

失眠者在夜晚辗转反侧，负重者
将星光迷失在人间

铜钱草

"……铜钱草在秋风中，慢慢
变成了金币"

配图的文字，让铜钱草的身价
瞬间倍涨
我的心里也有溢满的喜悦

我不是物质主义者，但还是想
在旷野里
养一大片铜钱草

希望风一吹，铜钱草就闪着
金币的光芒

——风一吹，那里的人就能
添一件新衣服

原载《诗潮》2021年第4期

风吹着，落叶飞着

我在写
早开的堇菜、左侧的逆光和下午三点的
紫花地丁

你看到，我继续在写
一颗蕨类植物，也有自己的晚年

我只能继续写，我只能在横竖间
继续写出一棵苣荬菜对另一棵
苣荬菜的爱情和绝望

整个夜晚，思念焦糊了纸张
孤独屏住了呼吸

而我，只能继续写
风吹着，落叶飞着

静穆的山地，遍地枯黄
你看到了——

辑二 松针青，松针黄

我在继续写， 而我也几乎读懂了
你沉默中隐藏的欣慰

原载《中国诗歌》2019 年第 6 期

卉木志

我不识人间的桤木、雪松
也不识栾树和水杉
这让我,总是羞于在人前,谈草木
包括野杜仲和乱蓬蓬的剑麻

昨日,河水暗涨,我想去山冈
看遮天蔽日的蒿草,撑起蓬勃的叶子
也看山笋和地衣,心肠柔软、骨刺坚硬
日月之外,参悟的生死

"春风吹卉木,大海放禽鱼"
迟迟而归的春日,平和温暖
草木生长的愿望,却如火山
泉涌,焦灼,无法遮拦

这些人间的橡树、槭树、花楸树
枝叶涣散,在春天里
它们呼应了一个沉默者,内心的空旷

原载《延安文学》2011 年第 3 期

红豆记

用流水记载年轮， 用春风
撩拨记忆， 这只是时光玩的小花样

你低头行走。 道旁， 老树新花
青草发芽

你一再孤独和徘徊。 红豆树下
你有发梢的汗迹， 指甲的猩红

藤属植物爬过的墙下， 蕨类植物
也慢慢长了出来

家家有花开， 户户门半掩

你在树下， 抬头望着远处
看见白云两三朵， 飞鸟四五只

已经春天了， 你还是这么羞怯
还是不敢说出爱

红豆树下， 空留你发梢的汗迹
指甲的猩红

原载《星星》2015 年 8 月上旬刊

孤独的杉树

秋天的杉树越来越瘦，它的心思
也越来越细密

"那个经常给我写信的人
现在不写了"

"这流水的人世，只剩下
徒劳的勇敢"

秋风的衣袖里，藏着不曾
说破的玄机

我很想告诉它，做个繁华景观的
旁观者就好

孤独是一座宫殿，里面的你
会因为孤独发光

"俄罗斯方块告诉我们，合群就
意味着消失"

原载《星火》2020年第3期

落羽松

秋天的时候， 落羽松古铜色的羽毛
窸窸窣窣地在身边飘落

"盛大的舞蹈开始了吗？"

没有人回答， 舞蹈的羽毛累了
就落到草地上喘息

我在草地上坐着， 有时会仰起头
看落羽松笔直的树干

—— 空山不见人， 只有落羽松
爬到高远的天上去

原载《星火》2020 年第 3 期

花儿开得很好

葱绿的山冈， 花朵的海洋风起云涌
伴随着昨天的荒地和芦苇丛
花朵们开得惊心动魄

春天来了， 我得承认
后来居上的楸树， 高过低处的芒草

它的周围， 时间后退
花儿回到草的中间， 而我们
在山冈上流连忘返
用眼神和野草交流幸福
忘记时间会像白驹过隙

早晨读过的亨利·詹姆斯
我记忆犹新， 他在书中说
"我活着必有原因
——你迟早要找到我"

这霸道强悍的气息， 让我觉得
像是遇到了故人

显然， 我们都是在说春天

原载《诗探索》2010 年第 2 辑

接骨木

"我所知道的接骨木
是一种落叶小乔木
在梨树镇,它们被大面积地种植"

一个死去多年的人用接骨木说话
他告诉我,多年以前的伤口
仍在阴天里作痛

我对灵魂这种事情
没有特别的兴趣
我能说出的,只是我颓废的兄弟
生前,他喝烧酒,谈女人
光阴曾被他日日虚度

他身边的湖水
浮游生物在大量地繁殖
他手上的假币
收藏价值大于交换价值
他偏执,木讷
最后死于伤心

昨夜天冷风寒， 我又梦见了
风干的草籽， 散步的马匹
梦见了兄弟的青枝绿叶
我的泪水涟涟

只是我不知道
这个世间的接骨木
是否能治愈， 他在
另一个世界的伤心和骨折

原载《飞天》2009 年第 2 期

花楸树

我们在坝上种植乡村的树
榛树， 橡树， 椴树
它们都有本地血统
只有花楸树来自异土
在高于村庄的地方
风吹动它

这真是奇迹， 这落叶小乔木
会和云团一起长大
幼时生绒毛， 夏天开白花
秋天的时候， 它就把
一串一串的果实， 藏在绿叶间
火红， 耀眼

这敏感的花楸树
这温柔的花楸树
这充满了呓语的花楸树
它秋波荡漾， 可是我的大海
它怀抱温暖， 可是我的归宿

原载《诗探索》2010 年第 2 辑

我所知道的紫叶李

我们都非舌绽莲花之人
记忆里却都埋伏着植物的芬芳
那年春天回到乡下
在午后的街头与紫叶李相遇
这才知道它与美人梅
竟然如此惊人地相似

另有一次, 我们大醉
在日暮的山冈上喊着紫叶李
一遍一遍, 仿佛这漫长的忧伤
只能用跌宕起伏的方式抵达

其实, 爱无力, 恨更脆弱
一棵紫叶李, 它无法照亮
昨天消退的时光, 也不能
点燃我对未来和繁华的渴望

我只能看着它紫
看着它红, 看着它和我一样
落寞地穿过冬季, 回到春天

原载《诗刊》2009 年 12 月号上半月刊

曼陀罗，你看

我一天去一次湖边，看脊背微露的青鱼
撩响清亮的水花

曼陀罗，你看——

麦芽糖和麦芽糖在一起
却粘出了苦味

鸟儿和鸟儿在一起
却只剩下了枯枝

曼陀罗，你看——

蚂蚱从青蒿上跳下来，啄掉果实的麻雀
又悄悄地隐身

多混乱啊！曼陀罗

我一天去一次山里
却只看到秋风、落日，还有带伤的重阳木

空心菜

它们终其一生， 也没能长出
心脏来

这让我觉得遗憾： 它层层**叠叠**
心里竟然是空的

爱上一个人， 它的心是空的?
恨过一个人， 它的心也是空的?

"空心菜——"

我跺跺脚， 然后离开
恨铁不成钢， 大概就是这个样子

原载《草堂》2018 年第 12 期

辑二　松针青，松针黄

地锦不在地上

"你是地锦，但没有长在地上"

命运的混乱和不确定性，造成了
地锦的另一种生长方式

"你不在地上，为什么叫地锦"

狼尾草的歌声里，我一次次拷问
白色墙壁上的植物

风将同样的疑问，指给了远处的
鹦鹉和斑鸠

你是地锦，但你并没有生长在地上
就像海棠，它也并非从海上来

"你不在地上，为什么叫地锦"

……我的疑虑，带着经文一样的旋涡

我的疑虑， 是从礁石的内部

—— 抛下的铁锚

原载《延河》（下半月）2018 年第 8 期

辑二 松针青，松针黄

一棵失败的卷心菜

一棵失败的卷心菜，把家安在了梨树镇

她上班，读书，散步，看星星
灯光下，一个人想着
另一个人

冬天的大地上全是枯枝败叶，积雪下面
覆盖着厚厚的灰尘

……那些年，她喜欢将开未开的
芍药花苞，也喜欢六月莲灿、九月棉白
十二月，大雪覆盖着河边的芦苇荡

……那些年，木耳在雨水里
长大，风从地上带走多余的草籽
她用清水煮粥，慢慢等一个人回家

如今，她没有爱来抵抗寒冷了
只好用蜜来修饰悲伤
星空下，她一个人，暗自垂泪

一棵失败的卷心菜， 把家安在了梨树镇

她想要的东西， 都在上帝手上
属于她的只有流过的泪
和受过的伤

原载《诗刊》2014 年 8 月号上半月刊

辑三

南风吹树,吹出泪花

练习一个人

没有你，我就练习一个人

一个人吃饭，一个人散步
一个人睡觉

一个人看电影，一个人去旅游
一个人穿过冬天的雪地

离开你的这些年，我很快长成了
一棵大树

这样说起来，好像没心没肺
但你的祝福，茂盛了我的枝叶

你留下的钱币，我全部用来
购买了孤独

原载《飞天》2019年第9期

又是一年

矮荆在远处， 与灌木丛有着
亲密的接触

因为相同的经历， 它们获得了
等高的丰满

近处泛黄的梧桐树叶里， 藏着
几枚小小的悬铃

再过半个月， 等那簇拥的锈褐消失
大雪就会降临

雾气中， 有人轻轻松了口气

"猫狗七岁， 草木一生
世上的亲人， 又平安活过了一年"

原载《飞天》2019 年第 9 期

看到第几条你哭了

你问我过得好不好，我说我很好

"什么是很好"

就是风筝和蝴蝶都有去向，一切
都有了新希望

就是我开始认真生活，准备去找
你藏起来的糖果

"你看，我过得很好呢"

我把喜欢的歌，听了又听
我把走失的你，想了又想

秋天的叶和果，都走在归仓的
路上，一只蚂蚁告诉我

"爱以不同的方式存在，并不是
每一种都放了糖"

这一天

这一天， 我想了那么多

不知道天上的鸟， 会不会夜半投宿？
敲了门， 会不会受到欢迎？

如果它看见一个人鬓白两边
会不会有片刻的失神？

这一天， 我想了那么多

不知道绵软的雪， 是怎么撞在
那个人的眼睫上的？

如果它看见一个人眼里的泪水
会不会有片刻的惊慌？

这一天， 我想了那么多
这一天， 为什么心窝里像有刺扎过？

这一天啊， 游鱼还有大海， 燕子也会

找到故乡， 可我却只能去看那
衔草入世的白羊

原载《十月》2016 年第 2 期

落花流水

树木还在长叶子
蜘蛛还在结网

阳光还在照着蝴蝶的翅膀
野蜂还在小声地嗡鸣

那些生命的汁液、色彩
声音和光影
还在负责流淌和呈现

"女贞树捧出白花，它的好
真是掏心掏肺"

九月秋深草黄，夜菩萨替我数着
人间的花好月圆

而我无眠，看流水将坚果与岩石
磨成一根根银针

这散落人间的星星啊

为什么眼里也涌着泪光

原载《十月》2016 年第 2 期

南风吹树，吹出泪花

水流溪深，鸟声婉转
山谷里的风，将叶子吹得哗哗作响

"是果实，必须长在绿叶间
是爱人，就得留在我的身边"

……月明花开。植物们刚刚醒来
还不懂得你在人世的悲欢

所以不必问它们，孤独和寂寞
是不是都长一个样子

也不必问，萍水相逢的人
是不是看花晚归的那一个

"没有你的黄昏，我对月当歌
愿意把每一天当作末日来过"

南风吹树，吹出了泪花
我要亲你，咬破了花果

原载《诗潮》2016 年第 4 期

玫瑰的木质片段

你走后，世间所有的花朵
都已枯萎

但纵使你在，又有多少人记得你
羽状的复叶，倒卵形的花瓣

"我只钟情你一个。爱情才是
我最后的命运……"

噢，不，不，一个颓废的
失败者，只会迷恋一己之悲

他不记得，你的枝干多针刺
也不知道雨水打破光线，就能碎裂成星

"毁灭我的，是任何事物的死亡"

你走后，飞燕草被打湿了额头
叶子的忧伤，洒落了一地

你看那月亮的脸

我喜欢 "亮汪汪" 胜过 "皎洁"

半个月亮, 迷失于低矮的门檐
偶尔有风, 铜环摇晃

我喜欢 "月圆花好" 胜过 "明月孤悬"

大雁驮来了菊香, 最圆的
那轮明月, 留给了与渔火对眠的村庄

你知道, 离海两公里, 是市郊的侧面
那里有我理想的花园

我喜欢 "月明如水" 胜过 "月笼轻纱"

明月夜, 大海边, 我一个人走
我指给你看

——你看, 你看那月亮的脸

无声的泪水里， 有谁和我一样
还记得那些伤筋动骨的怒放

原载《十月》2016 年第 2 期

我在等一个善良的邮差

我在等一个善良的邮差
我要问一问他， 在黑夜到来之前
我会遇到谁， 雨后的早晨
芙蓉们择枝而生， 一朵是不是
做了另一朵的姐妹

我在等一个善良的邮差
我要问一问他， 隔着几个省的想念
是谁给的， 青砖地上的月光
是向谁借的， 睡眠是不是
能安慰一个人的偏头疼

我在等一个善良的邮差
他知道我温和， 冷静， 百忍成金
他知道我有云朵一样的柔软
悄悄潜伏于内心

敏感的人相互寻找
孤单的人相互安慰
昨夜， 香槟的灵魂在瓶子里歌唱

我在灯光下，等那个善良的邮差

我只想问问他
风吹草海，云过天空
一朵鲁国的莲花
从哪里，才能找到它的源头

原载《诗刊》2013年1月号上半月刊

藕断丝连

藕断了， 丝还连着
我说的是春天， 是花朵
是飞翔的翅膀
我说的是二月里的玫瑰灰

藕断了， 丝还连着
我说的是一个人的海
两个人的伤

我说的是我已知晓的命运
我说的是爱， 是我生命里
最柔软的那一部分

我没有失神
是江水在荡漾

原载《诗探索》2010 年第 2 辑

一个离家多年的人

在梨树镇，一个离家多年的人
回到了故土，清明让他的血脉
重新找到了源头

青草的堤坝，被解冻的河水冲垮
云朵上的桃花，又回到了家

在梨树镇，一个离家多年的人
在傍晚的山冈上缓缓前行

夜风生凉，草木低伏
安静浩大的世界
能否听到他的心跳

在梨树镇，一个离家多年的人
抱着树哭，打动他的
只是一个细微的场景

夕阳慢慢下沉，牛羊开始回家

它们在一起的样子， 多像草挨着草
亲人挨着亲人

原载《人民文学》2014 年第 9 期

迷路记

碧瓦接水， 苍松连云
一个人在山里迷路。 哗哗作响的风中
他找不到归家的路

之前， 他的酒杯里也有雨水一钱
阳光二分

但现在， 整个夏天纹理黯淡
他所有的不满， 都无处投诉

他不能问佛祖： 我从哪里来
我到哪里去？ 我活在世上的亲人
都有谁

他也不能问佛祖： 杯中
若有镇痛剂， 我能否为自己建一个
虚幻的帝国？ 只有爱， 没有恨

心里已是暗潮汹涌， 但哗哗作响的风中
他怎么也找不到归家的路

他不知道， 他再也不能跟光线结伴

也不能与影子为伍

因为光线比他长寿， 影子比他有计谋

原载《芒种》（上半月）2015 年第 5 期

你不在

一月你不在, 山河寂静, 大雪纷飞
我在窗前举起杯

二月你不在, 我写下长情的告白
岁月漫长, 你心地善良

三月, 桃花灼灼, 风声漫漫
鸟儿也往春天的路上赶

四月, 青稞俯身吻格桑
你一笑, 春暖花开又一年

五月的梦里, 我看遍宇宙星辰
醒来才明白, 世间万物都不是你

七月啊, 相爱的人在一起看落日
我一个人走向山岗

—— 看见风吹过山岭低谷, 又伏在
草叶上悄声细语

原载《飞天》2019 年第 9 期

祈祷词

六月你不在， 青藤熟睡， 蒿草掩蔽
我和坡地上的绣线菊一起， 焦虑不安

八月你不在， 我写下那棵倒下的青冈栎
白纸黑字， 碎词一篇

九月， 荆条长在成语里
我将石头和铁， 都抱在了胸前

十月， 我向云问路， 向水问鱼
向过路的菩萨， 问你的修行

十一月， 我将哭声调成了静音
开始相信， 离别就是鸟儿各自飞

十二月啊， 十二月我还是忍不住
跑去求佛祖

—— 请用我一世的孤独和辛苦， 换回你
来世的圆满和幸福

原载《青岛文学》2017 年第 10 期

深秋的山林

一只甲壳虫问另一只甲壳虫

"如果每朵花都有一个故事，人间
留下的是悲剧，还是喜剧？"

有时，它会继续追问：

"会有缝故事的人吗？如果将所有的
时光缝在一起，那死去的灵魂
是不是就活了过来？"

深秋的山林，昆虫的独唱
变成了热闹的大合唱

那只甲壳虫愣着不说话，它不知道
离开的亲人，过得好不好

想它的时候，是不是也会流眼泪

原载《诗刊》2020年4月号下半月刊

我记得你

世界地理频道，曾经有这样一段
广告宣传语

"蝴蝶的寿命只有几天，红杉树可以
活几千年

地球已有 45 亿年的历史，而人
只有一生"

那天夜里，在海棠湾
我一再仰望远处的漫天星斗

想到那转眼就消逝的，那此后
得到永生的，瞬间泪涌

海棠湾，如果要为这次游走留下
一段文字，我一定写得语无伦次

"……甜蜜和绝望，在这里
都像是这亮闪闪的钾盐"

"死不是生命的终点
遗忘才是!"

—— 我记得你!

原载《草堂》2018年第12期

慈 悲

明月和春风都有菩萨心，它们照着
山川，也吹着河流

树木和荒草也有佛祖的胸怀
它们关心着
树上的鸟类，也关心地下的昆虫

关于慈悲，从莲花山归来的居士
最有发言权

"刚下山那会儿，每个人
都是慈悲的

他们见谁都是菩萨，见谁也
都是苦难众生"

关于慈悲，树叶上的一只蚂蚁
也有话要说

"眼里住着阳光，话里透着温暖"

原载《诗刊》2019年4月号下半月刊

寻药记

在时间曲折的线性中， 我和春天的
燕麦草一起焦虑不安

"更多的人死于心碎"

这话有些矫情， 但事实
的确如此

我颓废， 苍白， 软弱
春天不事稼穑， 秋天不问收割

还没从一个黑夜走出， 就又进入
下一个更深的黑夜

那一地的碎影落花， 可以证明
时间给我带来的伤害

卸不下灵魂的栅栏， 我就只好
一天服一粒药丸

原载《青年文学》2017 年第 12 期

你还好吗

五月， 我在河边听流水， 水声像
琴声， 忧伤而美好

顺水而下的， 是一片片叶子
有时是蒲草， 有时是芦竹

六月， 带着蝴蝶， 看花去
蝴蝶落肩， 花朵别在黑发的那一边

那时候， 云朵和柳絮， 泡桐与禾苗
在风里， 摇了又摇

七月， 海棠挂果， 桂花藏香
鸟和虫子各自生长， 互不打扰

八月， 我依旧堂前听偈词 ——
佛在世时我沉沦， 佛灭度后我出生

九月读书， 十月写信
小谣曲里， 我找一个人的地址和前程

有一句话，我一直想问问：
离开那么久了，你还好吗

原载《山东文学》2017 年 5 月刊（上）

半个月亮

在塔尔根, 我看到半个月亮

隔着栅栏 ——
月光如水, 树影移动

我这样说到半个月亮
也许是因为那朵蔷薇, 正好被它的美
所渲染

也许我只想在这样的表述里
停止难过

秘密是一个人守口如瓶的隐私, 在塔尔根
我还是要这样, 说出你的名字

R, 那珍藏在我心中的
半个月亮, 那泪水里摇摇晃晃的
半个月亮

"你若像木鱼, 我亦似念珠"

昨日梦中你有来信， 各自的寂寥里
有不能言说之痛

他世若还能相遇， 不必泣不成声

原载《星星》2015年6月上旬刊

落 霜

霜将大地上的草叶， 都变成了
锐利的剑
霜有天生的铁石心肠

"有人白头， 与我何干"

如果霜有耐心， 它就会知道
快乐是一种
被天气预报忽略的天气

如果它有耐心， 它就会知道
消融又结冰的湖水
是一块不规则的银胶唱片

深秋的时候， 霜将大地上的草叶
都变成了锐利的剑

—— 就像今天早上结霜的锯齿草

原载《星星》2021 年 8 月上旬刊

我是一个孤独的人

作为影子，我没有同伴
作为树木，我没有年轮
作为一个乏味无趣的旅行者
我说一些口是心非的客套话

在小酒馆里唱越剧
在宣纸上写情书
在一贫如洗的路上
去参加一阵风的葬礼

我的身边，没有绯闻和隐私
离开故乡的路上
没有信使送来家书

我作茧却不能自缚
爱着草原的植被
却生活在海边

海水日日敲打着船舷
它给我带来一只鸥鸟的爱情

却不让我献出水汁丰沛的青春

我想高贵地死去
它却让我屈辱地活

我把苹果分成公母
把老鸦当成枯藤

我是打着雨伞走路的盲人
我是怀揣着忧伤回家的哑巴
我站在大地的中央
流着秋天的泪水

原载《诗刊》2009年5月号下半月刊

山中小记

每次想念的时候，我就去山上
种一棵小树
深藏的爱，就有了别样的落处

上了年纪的老人在山里造庙
每垒一层石头
他就把善和慈悲，留在了心里

霜降的第二天，农夫的菜叶上
落了一层薄薄的白霜
它们遮住的，不是浮世虚名

远处有熟透的柿子，啪嗒一声
掉在地上
惊起的涟漪，圈住了一个人的叹息

秋天快要过去了，我不怎么
爱说话了

——刚刚那些，你听见就好

原载《诗潮》2021 年第 4 期

辑四 松诺的困惑

商　量

玉米地里，印第安妇女
温和地和成熟的玉米商量

"用你的孩子养我的孩子吧"

大海边，早起的渔夫收拾妥当
他和大海悄悄说话

"早上我去撒网，晚上归来
请让我鱼虾满仓"

高山上，猎人的祈祷
也总是很有道理

"请给我一副虎骨，只要一副
受伤的病人需要医治"

一个早晨，大地空空荡荡
两枚露水用方言商量

"让我们落到最小的那朵
黄瓜花上吧"

"它需要一滴露珠，安放
刚刚成长的小心脏"

原载《红豆》2018 年第 6 期

牧羊人桑吉

风往北吹， 水往南流
牧羊人桑吉跟着季节走路

从日喀则到那曲， 从昌都到阿里
桑吉怀抱着鞭子入睡

丢失的小羊， 自己又跑了回来
牧羊人桑吉把它抱在怀里

"吓着没有？ 冻着没有？
回来的路上， 碰到野狼没有？"

……九月风吹， 十月草黄
桑吉把一生的时间， 都用来牧羊

远处的花呀， 草呀， 和他一样
都有一颗风轻云淡的心

原载《山东文学》2017 年 5 月刊（上）

叶 问

一条锦鲤蜕去了鱼形， 垂柳的
树荫下， 它在等谁

夕阳如一颗硕大的泪滴， 黄昏的
江边， 它在哭谁

一个朝代， 回望另一个朝代
它来人间找一趟

看见流水向前， 蝴蝶慢飞
藤蔓又缠在了大树上

看见春风吹过了桃花
又吹杏花和李花

为什么每一次吹过， 都像
在翻一页又一页的经文

昨夜我在江边， 看到水里的
半个月亮， 草叶上的一堆霜花

看到一个人长眠在远处的山岗

—— 他不知道，豆荚地里
只剩下一棵豆荚

世界空旷，让我神伤

原载《山东文学》2017 年 5 月刊（上）

天降日

坐在一片莲叶上的， 是密宗修行者

天降日， 他早起、 供灯
诵读般若经， 愿智慧增长

他知道： 相爱在山岗的
是两只少年的山羊

他知道： 流水大步向前
一定是为了追上落花

有时候， 他也会困惑地问
什么是勇敢

仁波切回答他： 不回头看

每一颗尘埃中， 都有爱的存在
所谓沧桑， 就是无泪有伤

原载《山东文学》2017 年 5 月刊（上）

已经停不下来了

已经停不下来了。 一棵梨树
用根找水， 这白色的闪电
到了四月， 就会急急地蹿上枝头

已经停不下来了。 一只麻雀
跟着一辆绿皮火车飞奔， 那街头
邮箱的颜色， 一直是它放不下的念想

已经停不下来了。 一个和尚
隐居山谷数十年， 他念经、 坐禅
替人超度， 他享受的是寂灭的快乐

已经停不下来了。 我去江边找桂花树
悲欢纷纷的马路上， 一个人揣着泪水前行
那一年我闻过了桂花的味道， 就再也忘不掉

已经停不下来了！ 我在人的壳里
待得有点累， 可是我不能随便脱掉它

所以我只能这样， 继续做一个人

继续活下去，像风推着风
像波浪推着波浪

像一台行驶在大地上的推土机
一点点地碾碎自己的快乐和梦想

原载《诗刊》2014 年 8 月号上半月刊

帮我问一下啊

帮我问一下啊
向日葵低下了头颅， 是因为爱情？

苦瓜心里苦， 所以它的脸上和身上
全都长着皱纹？

你站在北方的秋雨中， 丝瓜藤上
是不是还长着丝瓜？

帮我问一下啊

石头里是否藏着黄金？ 莜麦菜里
是否藏着善良？

还有， 茴香带着香气
是因为对未来怀着憧憬？

而水杉羽叶油亮， 是因为饱含着泪水？

原载《山东文学》2017年5月刊（上）

一个独行的人在匆匆赶路

一个独行的人， 在匆匆赶路
他不知道， 开在路边的兰花有几朵
涂在栅栏上的油漆是什么颜色
会装死的甲虫， 是不是逃命回到了故乡

一个独行的人， 在匆匆赶路
他没有告诉晚风， 他匆匆赶路
是为了什么， 也没有告诉露珠
有些云彩， 就要变成雨滴
有些文字， 将要变成碑文

一个独行的人， 在匆匆赶路
其实， 他可以把自己
当成包裹一样寄出去
当成箭镞一样射出去
当成鸟儿一样飞出去

可是， 他没有
他只是低着头， 匆匆赶路
带着回家的茫然和伤感

原载《诗探索》2010 年第 2 辑

欢 喜

天降甘露， 那是农人的欢喜
马遇青草， 那是牧人的欢喜

一株青稞， 俯身亲吻一朵格桑
那是一个少年的欢喜

冬天的雪地， 一只麻雀觅到了
箩筐里的粮食， 那是一个老人的欢喜

一座寺院， 燕子诵经
佛灯开花， 那是一个喇嘛的欢喜

日月山以西， 十万亩风暴里
还有一株开花的树， 那是大地的欢喜

如果在六世轮回中， 我和他
能成为生生世世的亲人

—— 那将是我的欢喜

降 雪

大雪落在草地上
牧场不见了，青稞不见了

大雪落在草地上
淙淙流淌的溪水也不见了

房东家墙壁上的木板，在雪天
突然流出了眼泪

——那金色的树脂，多像
一个人眼里晶莹的泪滴

据说这木头来自阿尔泰山南麓
据说木头也有怀乡病

原载《诗刊》2019年4月号下半月刊

车过可可西里

氧气饱满的车厢， 我略微有些醉氧

想着刚刚离开的拉萨， 山南， 林芝
想着已经远去的南迦巴瓦峰， 色季拉山

想着色季拉山上的格桑花， 想着花丛中
飞舞的两只蝴蝶

你说： 再高的海拔， 也有爱情

可空旷的可可西里， 只有一只藏羚羊
在奔跑

—— 只有一只

原载《诗刊》2018 年 1 月号上半月刊

帕羊镇

帕羊镇上，松诺经常会看到
穿过公路的野兔和獾

有时也能听见，树木长出
叶子的声音

他知道：天上的星星亮了
黑夜就会来到枝头

秋天的时候，银杏结了果
一些虫子欢喜地叫着

他知道：狗熊要在冬天到来之前
换上一身不一样的毛

帕羊镇上，湖水捧出了星星与白月
风把五岁的松诺一点点吹大

原载《诗刊》2018年1月号上半月刊

已经很低了，还要再低？

青江县的蟋蟀草模仿着黎明县的
紫花地丁生活，作为灵魂的参照物
它们都想比别人更快地
找到安放大地之心的地方

但不同的事物之间，是没有可比性的
在青江县，麦田边上的昆虫消受不了
蟋蟀草的浓郁和热情

而在它十公里以外的黎明县
紫花地丁已经蔓延成翠绿的王国
它们铺天盖地的气势与蟋蟀草相比
确实要彪悍十倍

已经很低了，还要再低？
青江县的蟋蟀草模仿着黎明县的
紫花地丁生活

但安放大地之心的地方
谁都没有找到它

原载《山花》（下半月）2010 年第 3 期

莲花山上

莲花山上，我问牧羊人

微红的樱花开在路边，八分供
行人欣赏，剩下的二分都给了飞鸟？

老鹰只相信自己的翅膀，那它
脚下的所依，是树枝还是大地？

莲花山上，我问牧羊人

山阔水长，可以临水傍树
谁在这里种下桃梨和春风？

野草无悲无喜，长成绿毯
它们和我一样，也有落寞的一天？

流水里也有黄金，但它不是
我的念想

花朵里也有蜂蜜，但它不是

我的甜蜜

莲花山上， 我问牧羊人

—— 我进的是庙门， 我悟的
可是红尘?

原载《山东文学》2017 年 5 月刊（上）

给马念佛

一条闹市还在广场的中心
十条大街早就散在各自的脚下

撑伞的路人啊，不要驻足聆听悲凉的歌声
也不要敲我的门窗

我不会告诉你，突然的泪水里
——盐的分量

不会晴天欢喜，雨天忧伤
经过的世事，让我学会缄口不辩

每个暮秋，都有无数的浆果落地
连最小的一粒，也有自己的甜蜜

我不羡慕它们都有温暖的天堂

我翻读经书，给马念佛
一双手，因触摸经文而得到暖意

像大山与江河，我与世人
正分开修行

原载《诗刊》2014年8月号上半月刊

牧 羊

闰年生异象，雪降得早

送走爸爸，丹珠和妈妈
从山中归来

"就当他又去牧羊了，反正之前
他也经常不在家"

只是这一次，牧羊的时间
有点长

转眼一年过去了
这一年里，爸爸回来过几次
在丹珠的梦里

这一年里，妈妈哭过几次
在黄昏时候的帐篷外

原载《星星》2021年8月上旬刊

不 问

明月不问清风去了哪里， 燕雀也不问
鸿鹄能飞多高

俞伯牙不会在弹奏前， 问钟子期
你可听得懂琴声？

渔船不问波浪： 摔痛了没有？
眉毛也不问眼睛： 你为什么哭？

除夕的时候， 看到那个茫然四顾的人
不要问： 你等的人， 回家了没有？

一个人走远了， 不要追着问他：
为什么分手？ 我错在哪里？

每个人都有尊严， 转身的时候
一定要优雅， 一定要高贵

不要问： 心凉了， 还能用什么
来焐热它……

原载《时代文学》（上半月）2014 年第 9 期

鲸　歌

1992 年夏天，冥王星的发现者
威廉·汤博接到一个电话

那是一位年轻的科学家打来的
他像个孩子一样，请求威廉·汤博
同意他们造访冥王星

时年八十六岁的老人说
"想去就去吧，但你们的旅程
将寒冷又漫长"

同一年，在惠德比岛的海军观测站
有人捕捉到了罕见的信号

那是鲸鱼与同伴交流的声音
人们愿意称之为鲸歌

但它只有 52 赫兹，这意味着
没有一只鲸鱼能和它对话

原载《星星》2021 年 8 月上旬刊

答非所问

在海边散步， 丹巴一遍遍问我

这海的尽头在哪里？ 如果我游过去
是否能摸着它的边缘？

走了一会儿， 他又悄悄问我

没有堤坝挡着， 它怎么没有溢出来
它怎么没有淹没这路边的树？

八岁的丹巴， 来自西部的草地
有一只蜥蜴， 是他养的宠物

我一向喜欢答非所问， 指着礁石上的牡蛎
对他说： 这些牡蛎， 从来就没自由过
它们的一生， 也只配与礁石为伍

我又说：作为一个自由的人， 我对它们
深表同情

丹巴听不懂我说的话， 丹巴只是茫然地
望着面前的大海

我却开始后悔。 用一种居高临下的姿态
表示我作为一个海边人的优越

这是我在丹巴面前所犯下的， 最不可
原谅的错误

其实， 关于大海， 关于大海里
众多的事物

我， 一个海边人， 又能知道多少

原载《十月》2016 年第 2 期

海边的生活

一枚锈铁钉, 游荡在浅水之中
八月过去了一半, 它依旧
颓唐, 苍凉, 举目无亲

它的身后, 堤岸上升
海水退潮, 露出的贝壳和盐粒
像失语的铁, 不知要适应
怎样的疼痛, 才能将自己高高地举起

而我是妥协而气馁的
这么多年, 在海边
一直过着隐居的生活
并患有自闭症

像分岔进入大海的河水
有两种人生供我选择
一种是只争朝夕
另一种是按部就班
可大悲大喜都是不得体的

辑四　松诺的困惑

作为一个在海边长大的人
除了在心里藏下悲悯
我一直没有学会像潮水一样
进退自如

原载《诗探索》2010 年第 2 辑

我还是我自己的敌人

酒喝多了又有什么关系
暮色允许我
将两岸的青山用孤独代替

白天见过的游鱼，已在夜晚归于沉寂
但它小小的鳃里，还张合着对同类的想念
几公里以外，一只蝉在做最后的蜕皮
成虫从幼虫的壳套里钻了出来

和它一样，我也需要
从另外的身体里出走
魂魄里要加入些苦难的重量

但现在，我还是我自己的敌人
紧张，慌乱，溃不成军
在岁月面前，过着凡夫俗子的市井生活
有限的躯壳里装不下内心的浩大

原载《延安文学》2011年第3期

你所不知道的

睡眠是个秘密通道
每天晚上，灰椋鸟都会通过它
离家出走

风很笨，它征服了很多事物
却不知怎么打开自己

雨在雨中哭得很凶，它伤心
是因为，它忘记了一个人的
前世和今生

迷路的羔羊，被人搂在了怀里
之前，微弱的叫声
是它发出的求救信号

——在梨树镇，除了爱
我一无所有
也因为爱，风和日暖，万物生辉

原载《特区文学》2021 年第 4 期

海洋馆里的巨石斑鱼

在海洋馆里灯光的照耀下
一群巨石斑鱼，小心地游动

它们互不交流，也不彼此安慰
更多的时候，它们把目光投向了远处

——那里有多少灯火，是它们
所期待的

在海洋馆里灯光的照耀下
一群巨石斑鱼，小心地游动

其中的一只，偏居一隅
它对同类的投影，略有警惕
它到底害怕什么

……海水在窸窣作响。受惊的一只
飞快地游向远处

游动之声，带来细小的荡漾

原载《诗刊》2019年4月号下半月刊

松诺的困惑

三岁的松诺， 问五岁的巴甘

葡萄是从哪儿来的
它们为什么甜？ 它们一粒挨着一粒
像不像幸福的一家人

四岁的松诺， 问六岁的巴甘

蝴蝶是什么变的？ 夜晚
它们睡在哪儿？ 下雨了， 翅膀会不会淋湿
还有， 那个驼背的甲壳虫， 能不能找到自己的家

深秋的庄稼， 都要回到粮仓了
玉米， 高粱， 大豆
从地里， 被亲人一趟趟搬回了院落

五岁的松诺， 问七岁的巴甘

我们种下了玉米， 地里就长出了玉米
我们种下了大豆， 地里就长出了大豆

可是为什么，我们把妈妈种在地里了
地里却长不出妈妈来

巴甘强忍着，像外面那棵不哭出声的大树

七岁的巴甘，还不懂得告诉五岁的松诺：
很多的植物和昆虫，过完秋天就死了
我们第二年见到的，再也不是从前的那一个

原载《诗刊》2014年8月号上半月刊

辑五 长歌

燕子山

1

"江南杨梅熟，可鲜食，冰冻，泡酒"

友人发来信息，说她踏雨游园
伏曲栏上喂鱼，假山上的凌霄花
正开得风情万种

而我在北方的燕子山，牧光养火
寻找蛇皮和蝉衣

身边的鱼腥草，在晨光中轻轻披拂
有没有一种温柔
比得上它的漫不经心

"寂寞呀，这生了苔藓的
爱的寂寞呀……"

春天的心，开了花，也长了草
春天的心像树叶，带着清亮又满足的气息

你好啊， 从初冬活到现在的荒草
你好啊， 松树、柏树和杨树

你们在燕子山上， 隐姓埋名
我在人间虚度时光

2

远处狭长的地带， 野花和青草
度过它们简单的一生

它们不张扬， 不抱怨
与清风一起， 过静水深流的生活

而我走过人间的四季， 也越来
越可以接受落叶的更替

—— 人生只有一次， 不可能
重新活过

独坐燕子山， 我守着一株灌木
一动不动

猝不及防的雨水在体内横行
一会儿细雨淅沥
一会儿大雨滂沱

3

"人生再难，也要性感"

石竹遍地的燕子山，我看到的草木
美过天边的云霞

而愈来愈轻的风，让一片落叶
置身于花香之中

—— 风吹叶动，感谢生活中的那些
起伏、挫折和伤害

正是它们，成就了一个人的
隐忍、含蓄和修行

感谢那些留白、缺席、虚位
或不饱满，让我懂得日暮苍山之美

"生活很苦，可还是要笑着活下去"

4

看见暮鸟投林，心中一惊

很多人，很多事，都是一失永失

像时光和流水, 再也不能回转

看见落日, 黄昏, 见血封喉的麻风树
心中又是一惊

山林下, 野塘畔, 有谁和我一样
知道一切, 却不能说出一切

"不要再关心灵魂了, 那是
神明的事"

我不关心灵魂, 我只关心轮回
但在年少时, 我并不知道

—— 有些乐章, 一旦开始
唱的就是曲终人散

5

有人登高, 却不是为了望远

有人养着两只鹦鹉, 只是为了
炫耀它们的聪明

有人在阳台种花植草, 观赏的热情
大于实际的需要

有人忙于挣钱，吃喝，寻欢作乐
讨论各种八卦，且无中生有

有人反复吟咏，"无可奈何花落去
似曾相识燕归来"

有人参禅，电光石火，突然大悟
人性的含义

有人在大地上沉睡
心跳缓慢，时间静止

6

田野里，到处都是怒放的花朵

紫色的扁豆花，粉色的石竹花
最耀眼的是黄色的油菜花

这些明亮的花朵，仿佛火焰
这边升起，那边又落下

我喜欢它们开得漫山遍野的样子
一层层，一片片
迎面遇上，就像一只小鹿撞到了怀里

也有那单独的一丛
偏开一隅，孤独中带着傲骨

在燕子山，我要有怎样素雅的心境
才能配得上这千朵万朵的轻描淡写

7

夏日潮湿，枯木上重新
长出木耳

"紫花地丁开得很灿烂
铁线莲的果也好看……"

我和你轻轻说话，此时
光线经过花枝，让它们重新抽枝长叶

"大雁在秋天的时候，都会
往南飞……"

"它们往南飞的时候，为什么
不带着我飞？"

我和你轻轻说话，此时
河水从山涧淌过，波纹回旋

像你在黑夜里的大步流星

8

布谷鸟奔走相告， 林子越来越空

昨夜风暴摧折了刺槐， 倒伏的草叶上
还挂着水珠

昨夜， 有蝴蝶在枯枝上过夜
有鸟雀在刀锋上安眠

而对其中任何一者的赞美， 都将
显现出我的无知

在燕子山， 我在别人的故事中
流自己的眼泪

"世界这么大， 人心这么小"

但我要以亲人的名义， 遇见
夜空中的那颗流星

我还要以亲人的名义， 请求 ——

该生长的继续生长， 该怒放的

继续怒放

9

有人授我以生活秘诀， 告诉我如何
才可以如鱼得水

也有人告诉我， 如果我慢之心偏重
可以读读《修心八颂》

但面对这青山绿水， 我的思绪
突然就出现了断层

—— 像一串珠子， 突然丢失了
最重要的一颗

从茶树到冬青， 我不是用一份碧绿
来反对另一份碧绿

从松树到柏树， 我也不是用一份坚硬
来反抗另一份坚硬

有时候， 情到深处反而孤独
我热爱这碧绿， 但怯于这碧绿

…… 我可以说出我的内心？

10

《安拉十日》里写， 一个人的灵魂
在死去三天后， 又回来探望自己的肉体

有些负责纪念， 直接让花朵
开满烟雾缭绕的殿堂

有些在哀乐中起舞， 不屈不挠中
带着终于脱离苦海的狡黠

这样也好啊， 尘归尘， 土归土
谁也不会因为离去， 而满怀仇恨

这样也好啊， 最寡淡的山坡上
有最莫测的魔法

—— 世界不会因不可捉摸， 而长满
失常的野草

11

在燕子山， 我确定我们都有
双重的生命

一个硬朗， 一个柔和

一个冷酷，一个细腻

一个在温柔乡，一个在流放地
一个热爱灯火通明，一个喜欢天上寒星

看似不搭调的两种人生，在这里
却会撞出耀眼的火花

就是这样
一个用来造密，一个用来解密
一个在前世，一个在来生

我们有限的肉身，是否隐藏着
某种神性

12

记得多年以前，映山红开在山中
栗树又高又大

记得多年以前，我们在清晨或黄昏
相约着一起去燕子山

现在，没有人和我一起垂钓
爬山，篝火，过青山绿水的生活

我只能一个人在文字里，说出要寻找的
爱情，善良和仁慈

记得多年以前，一粒草籽里
住着难得的小阳春

树和树都是旧相识，人和人
都是老交情

但现在，很多东西都不同了

山岭置了新衣，流水饮了淡酒
岁月换了日期

13

关于燕子山，我没有找到
相关的诗篇

"它的形态像飞行的燕子"
这话说了等于没说

我是一个小人物，说过的话
不会一句顶一万句

不能说，"愿你春风十里

归来依旧是少年"

也不能说,"愿你我老来多健忘
唯不忘相思"

但看到天上飞过的鸟雀
我还是会肃然起敬

我向它们一一问候,感谢它们
给燕子山带来滚烫的爱与痛

14

每一只身着彩衣的蝴蝶,都是
一个飞向人间的天使

请给它草地上的春天,让它
卸下一生负载的泪水

每一缕吹过山岗的风,都会
带来走丢亲人的消息

请让它说出那一声声叹息
半世的寒凉

春天的梨树下,我的今世

梦见了我的前生

—— 那临水照影，佛前看花的
小小羔羊

把头仰到了三十度。它也知道

"心事是藏不住的
把嘴捂住，就会从眼里跑出来"

—— 就像泪水！

15

往夜的深处走，能见到彼岸之人
往秋的深处去，能看到树木之美

往林子的深处走，能听到虫子晓唱
松鼠耳语

在燕子山，有的事物被光阴
摧残打磨

有的事物，与神灵和石头
在一起

——它们并未废弃，且自有光芒

16

水杉有水杉隐秘的心思，核桃有核桃
蛊惑的香气

而我置身燕子山中，只想寻找
与生活对等的答案

"山中的积雪，自有太阳消融
我们心里的灰尘，用什么打扫？"

当初植入骨血的亲密，现在变成
有毒的沧形草

当初蝴蝶体内的泪滴，现在变成
蕉树上的露珠

生活就是如此——

为非作歹者，还在这世上苟活
善良的智者，却怀抱鲜花去了别处

17

持续多年，我都只关注与

自己有关的事情

——像松针，它一生翠绿的锋芒
只为等它遇到的欢喜

在燕子山，我寻找那只折翼的蝶

"鳞翅目，奇须，完美复眼
火雾中自由来去……"

我并未大张旗鼓，却有人为我
消磨了一生的光阴和归途

18

这是我想要的生活

一树梨花压住了海棠，如果云
飞得低，就可以吻一吻树上的蝴蝶

这是我想要的宁静

一些时光眠在茶水里，一些人物
存在于相信里

这是我想要的山林

叶子密密匝匝， 青藤缠缠绕绕
这大好河山， 因我的到来而喧哗

晌午， 天晴， 云影投地

坡地的紫藤和荆棘各自生长
感谢曾经的雨水， 让它们丰盈

19

庙堂在心里， 群山在身后

在燕子山， 我看到了木槿和青藤
并从中获得了更宽广的象征

我还看到斑鸠在树上洗脸
呆萌的表情
暗示着它心无芥蒂

所有蓬松的时光都带着
波浪的纹理
但从来都不是线性的

破碎， 回旋， 空白， 停顿
才是它的本质

在燕子山， 风的方向向下
这让人生， 有了无数向上的可能

把绿色刮过来之后， 风就停了
在两棵楸树之间
叶子的光芒， 相互碰撞

原载《山东文学》2018 年 3 月刊（上）

辑五 长 歌

蝴蝶记

1

光影斑驳的春天

一只蝴蝶穿过错落的枯木
把翅膀上的音符， 留在了身后

在蝴蝶的振翅声中， 花朵招展
光线战栗
两只相爱的蜂鸟， 惊慌地飞走

万物有梦的春天， 蝴蝶的身边
密集着花痴和目光灼灼的傻子

捕风者窃笑。 看一只蝴蝶在花丛中
独自行动
看一只蝴蝶从一朵花， 飞到另一朵花

2

在草地， 我遇到了迎风流泪的马匹

和跪伏吃草的羔羊

才知道， 有一只蝴蝶正千里迢迢
为我而来

当它穿过苜蓿地时， 我闭上了眼睛
即将到来的， 我用爱情来迎接

山峦延绵， 河流无穷……

这唯一的秘密， 是我体内的毒素
是我舌尖上的蜜

我不曾说出。 但全世界的雨
都知道我的渴望

3

这只蝴蝶是谁变的？ 它为什么
孤单地飞

叶子落到了水里， 鱼游到了岸边
叶子和鱼碰到了一起， 就开始说话

它们说河流草木、 野果山花， 它们不说
这只蝴蝶是谁变的

万家灯火的街道上， 月亮又圆又大
路上相逢的人们， 说秋天漫长， 适宜写信
说天气寒冷， 需要加衣

他们都不告诉我， 这只蝴蝶是谁变的
它为什么孤单地飞

有一些事情不能多想， 有一些事情
也不能多问， 想多了， 问多了
眼泪就会像溃塌的河堤

4

雨后的花园里 ——

我收集落下的玫瑰花瓣， 在台阶上
摆出一个人的名字

一只蝴蝶， 远远地飞来
它来嗅花瓣上， 还未消逝的香气
它落下， 又飞起

我看到它的深情， 也看到它的痛苦

"爱一个人的灵魂， 却不能
带着肉体， 爱和绝望

是两只紧紧咬合的齿轮?"

漏洞百出的生活中, 雨后的花园里
一只鳞翅目昆虫
带着撞击树木的尾音, 刚刚飞过

5

每种事物, 都会以自己的方式
与这个世界达成和解

这世间, 总有人要转身离去
像江河流向大海

也总人有讳莫如深, 在虚构的地址上
取回天堂的来信

蝴蝶有自己的处世方式, 它在每一个
路过的地方都做有标记

蝴蝶, 如果你来过, 那些流连的地方
你总会看到生死轮回

蝴蝶, 如果你重生, 多么庆幸
我们又有了新的开始

6

我在白纸上写下这样的黑字

"你来到这个世上, 就是为了
让我伤心的"

我又写下:"尽管悲伤如影随形
但我还是希望
你用另外的方式复活"

—— 在草地上, 我希望你能遇到
花朵万亩, 鸟声十匹

我写下了那么多, 可这根文字的丝线
多么轻薄, 它紧紧绷着一个人的爱
和另一个人的死亡

"如果你还在, 该有多好……"

所有的喟叹, 我只对着黑夜说
所有的泪水, 都是我一个人的事

但月亮却把脸埋在了蔚蓝中, 不让我
看它的伤悲

你离开之后， 就变成了蝴蝶
在众多的事物中
我还是一下子就认出了你

7

一只蝴蝶心里藏着一枚钢钉
它向花瓶中， 添加种子和瓦砾

一只蝴蝶守着这样的黄昏
孤独， 下雨
它蜷缩在另一只蝴蝶的葬礼上

"听诊器， 扫描仪， 诊断报告
当波澜占据内心， 她只说有关风月的事"

多好啊！ 清风在左， 明月在右
而星辰在头上， 摇摇晃晃

在这个世上， 她尝试过无数种
爱的方式
但从没有想过恨

她尝试过无数种赞美的语言
但从不说到诋毁

8

没有信号的湿地。一场盛大的
蝴蝶的邀请

看，藤蔓植物都向着
同一个方向缠绕

看，蕨类植物都带着
犀利的刀锋

我不是虚构故事的人，但现在
我不知道，该把你放在哪里

用隐喻、暗示，还是歧义
而这世界
本应林木葳蕤，水草丰美

春天是如此美妙，起伏，飞扬
我一个人，却黯然神伤

在人群找不到的地方，一只蝴蝶的睡眠
更像是一场死亡

9

一只蝴蝶在撞击窗玻璃

一下又一下
它是怎么飞进屋里来的

一只蝴蝶在撞击窗玻璃
虚与实，光与影，是它逃不掉的
正面与反面

有那么一刻，它停了下来
翅膀停止了扇动

但这种寂静，太短暂了
只一会儿，它又飞了起来

"当一只蝴蝶有了倦怠心
请允许它成为
一块光泽暗淡的绸缎"

其实，一只蝴蝶是这样死的
良辰美景在玻璃外，它却在玻璃内

一只蝴蝶，一定是死于心碎

10

水底的下午，我看见一只蝴蝶
无声水袖里的惆怅

它有江水,但不浩荡
它有垂柳,但不飘扬

它有星期六休闲的庄园
但桃花却睡在了春天的马车上

它有秋阳斜照,它有银杏金黄
它有大雨呼啦啦从头顶落下

大雨落下,多像它悲伤时
肆无忌惮的眼泪

它有火车,但开得慢
它有爱情,但去了远方

唯一的船桨,将它送到了
人世这片跌宕起伏的汪洋

它演《蝴蝶记》,却
找不到梁山伯

11

雨过天晴。息羽的蝴蝶
再次被梦唤醒

我坐在这里。 看一只单翼的蝴蝶
对着镜子画它的翅膀

世界是它的， 我且袖手旁观
看佛穿金， 看树戴银

看远处的那盏灯火， 带着深刻的
悸动和闪烁

……那之后， 我就不再相信
完美的生活
也不相信有不被损伤的抵达

关于蝴蝶， 我只记得这一句
"东家蝴蝶西家飞， 白骑少年今日归"

—— 我喜欢想起来， 胜于发生过

12

这是叙述中被遗漏的部分

天色已晚， 星空疏朗
所有的路途之中， 都有花纹影绰

这是叙述中最重要的部分

黄昏寂静，诸神沉默
黑暗里牵出的马匹，抵达了虚构之地

夜晚并不寒冷。我却紧了紧衣服
站在大树下

我是在等一只蝴蝶的转世

得穿越多少场消失的大雪
和重叠的夜晚，才能找到归家的感觉

得拨开多少花枝，才能看到一只蝴蝶身上
波纹状的波动

原载《文学港》2015年第12期

写给 R 的十一封家书

1

从八月里信手抽出一天， 就会遇到
下雨的那天

孤独的人， 有比下雨更孤独的夜晚

有时， 我望着天空发呆
有时， 我在想一片被潮水
重新抚慰过的滩涂

更多的时候， 我数着绵羊也要走神
不知道活着的人和死去的人
有什么不一样

不能再孤独了！ 树死了， 再栽一棵
心死了， 再造一个

我有足够的时间， 来盘点这个世间
给我的一切

R,从八月里信手抽出一天
就会遇到下雨的那天

—— 我需要一件格子衬衫

2

骑闪电的人,已经不见了踪影
唯有一棵楸树,枝丫始终伸向天空

清晨的河边,它在寻找能挂住
露水的灯芯草

很多人都说,别较真
要选择适时的盲和哑

很多人都说,忧伤要学会压抑
喜欢要忍着不说

怎么可能?一个中途离开的人
一向不在事物的中心,可生活
偏要让它成为众矢之的

3

你说浪漫主义只懂浪漫

不懂爱
我表示反对

我说, 是那些迫不得已的离别
教会了我们成长

有一瞬间, 我仰头
试图像一粒浆果, 将泪水
浓缩成蜜汁

"以为天气好一些, 心情也会好"

"不是啊, 是要喜欢的人
抱一下, 才会好呢"

总有一些对话, 会让人神情恍惚
而那疼痛中
最柔软的部分, 使我活到了现在

4

"格陵兰岛在漫长的冬季, 看不到太阳
它黑色的礁石上
长出了盛放的绣球花"

"以弗所的海港不见了, 赫拉克利特的

河流消失了
取而代之的是泥沙冲成的河口湾"

我为你阅读书中的文字，并在纸上
写下远方的风光

我见山跨山，见水蹚水
并非觉得，只有外面的世界才精彩

R，你应该明白，我只为一件事
才来到这人间

那就是，要带你领略这世上的
山川和大河

5

我总想问问谁

"一棵树是怎么黄的？一座房子
是怎么旧的？
一个人是怎么离开的？"

有时我也会问自己："每一个失去
联络的人，都是一只停摆的钟
我有什么办法能让他起死回生？"

真实的崩溃， 是不动声色地落泪
一个笑声爽朗的人
你看不到他转身之后， 眼里的泪

R， 你离开之后， 我的一生就成了
打水的竹篮

—— 水成冰， 鱼安在？

6

山里能不能看到月亮
那些有锯齿的叶子， 是不是
瓢虫的家

春天开过的花， 应该都结了果
你喜欢藏在叶下的， 还是
埋在土里的

齐膝的荒草里， 虫鸣细碎
绵绵不绝

有些声音像是铁锤敲击， 有些声音
则更像是荣光恩赐

你说生活就是这样： 晦涩喑哑中

总会有人以牙还牙

—— 但你没告诉我，所有的故事
一开始，悲伤就在倒计时

7

所有的笔墨都有来处，所有的
死亡也都带着绚丽

风轻云淡中，一枚落下的松针
也有它的志向

"暂时的离开，是为了
更好地回来"

—— 不管是人生孤独，还是
相思陡峭

一枚落下的松针，内心也有
崛起的山河岁月

8

我愿你以另一种方式活着
以风，以蝶，以流水的方式

当甜蜜的丝绸， 包裹着肉体
我愿你清晰， 明亮
如十月的牧羊湖

当天空里的哨音渐渐远去
我愿你葱郁葳蕤， 长成一棵大树

我愿你的身边花开鸟啼
水流潺鸣， 四季如春

我愿你一直前行， 无所畏惧
也不怕孤独

—— 如果有来生， 我愿和你
再次重逢

9

冰雪之后， 我们又迎来
新的一年

和从前一样， 你依旧是我
文字里的隐喻
也是我心中深藏的欢喜

"感谢岁月温柔， 让我又看到

你眼里的春和秋"

又一年啊， 我轻轻地感叹

因为心有所爱， 我愿意怀抱春风
再活一世

愿他日相见， 我们还能深情地对望
还能笑着说到从前

—— 又在世间见你， 真好！

10

我不知道路边的甘蔗， 为什么
披上了甜的白霜

可我知道， 这世上最甜蜜的哀伤
一定是， 甜对甜的绝望

我不知道该怎么定义人间的别离
可我知道
有你的日子， 黑暗里就可以看到光

八月， 阳光万里， 爱铺满床
我守在梨树镇

等着人间的花好和月圆

"如果天堂有电话，记得打一个回家"

——R，眼睛不只用来看世界
也要用来流眼泪

11

你问我：如果再活一次
"爱而不得" 和 "未曾相识"
你会选哪个

不用犹豫，我的回答肯定是
"爱而不得"

—— 有一种孤独，虽败犹荣

原载《十月》2020 年特刊

辑五　长　歌

与贝草岕有关的叙述

1

我来此地，是为了寻找有竹节的草

之前，很多人都安慰我说
"生活就像竹子，要一节一节地过……"

我知道，此地不是南国，此地也
不生长翠竹，我来这里
只是为了寻找有竹节的草

"每个人心里都有一团火，路过的人
只看到烟……"

谢谢你们，谢谢你们用文字安慰了我
顺便也安慰了废墟上的忍冬藤

可我不能告诉你们，海水就要
没过我的头顶，无人知晓的寂静里
我找不到可以说话的同类

2

湖边破落的栈桥， 和绘着飞燕图案的六角亭
才是我的落脚点

看， 蝶群围着豆荚起舞
一只倒挂的金钟， 打量着柏树上的枯叶子
旋覆花开过， 又悄悄地凋谢

木制的围栏旁， 我试图拍出一棵
狗尾草的孤独， 但它却倔强地
迎着风， 倒伏又站立

身边的湖水， 在秋阳下荡着涟漪
它们交织， 碰撞， 破碎
如同一个人的泪花， 不停地在心里打转

3

对岸的钓者， 是沉静的
隔着湖水， 我看不清他的表情
但我相信， 他一定是个心里装着清风明月的人

有时， 他会将渔竿猛力回弹
提醒我， 又有一条鱼儿
撞上了他的渔钩

我看着他收线，摘钩
将跳跃的鱼儿，又重新抛回了湖中
……

事实上，我并非对他这种
风生水起的生活，无动于衷
只是我已轻易地，被自己的人生所击败

那一年的九月，我在湖边坐着
看秋日的光辉，缓缓地坠入茫茫的水面
看这座中年岛屿，布满的暗礁

一波汪洋，压不住我心内的惊

4

你好吗？你还好吗？
——我不能回答，好还是不好

带刺的荆棘，已经布满人间的隘口
而我在阳光下摊开的手掌，写满的却是
余生的孤独

槐树下的占卜者，有一张扑朔迷离的脸
他不会告诉我，我的未来
是好还是不好

在贝草岕， 我远离人群， 去看
迟开的堇菜和下午三点的绣线菊

还是在贝草岕， 我看见木樨憔悴
云朵涣散， 因这人间的伤心事
它们每一个都神情暗淡

—— 我从它们身边经过， 有着
它们看不见的哀伤

5

初到贝草岕， 我已深感
贝草岕的美好

但我还是需要从头来看它
—— 日出， 花开， 湖水， 荷叶

还有天空里飞掠而过的蜻蜓
一个孩子张开手臂， 扑到妈妈的怀里

这么多的美景良辰， 有人
在大声喊： 快看！
我却噙住了一眶的泪水

在贝草岕， 亮丽的云雀

用歌唱来度过它一生的光阴

它有治疗忧郁的良方， 我有
隐藏内心的苦涩

6

我热爱什么， 就损伤什么
我占有什么， 就失去什么

"又到菊花开放的时候了"
一声叹息里， 藏着一个人的十面埋伏

太烂熟的经历都是俗常
而我已厌倦了这样的生活：
虚与委蛇的人事， 别有用心的慈善

当我避开车马喧嚣， 从婆娑的闹市
来到这寂静的贝草夼

我将以游戏对抗严肃， 以夸张消解紧张
对旧时光， 要有壮士断腕的决绝

"这无趣的人间， 遍布的只是
无助的黄昏"
我从我的中年， 看到了我的老年？

可我必须热爱这样的生活
并把它视为，理所当然

我必须爱我的英雄末路
一个人的鱼龙混杂，一个人的泥沙俱下

7

关于贝草夼，史书里记载了许多

贝草夼位于环翠区镇驻地羊亭东北三公里处
着落在海拔一百多米的大山夼中
原名桃花夼，后因威海八大美景之一
贝草檩，产于该村，故更名为"贝草夼"
距今已六百多年……

在地方志的收藏馆里，谦卑的图书管理员
小心地擦拭着书籍上的灰尘

而乡村义务导游，对每一个
来到贝草夼的人，都会说起
与此相关的传说

他的描述，婉转，动人
仿佛他见过那大过檩条的贝草
仿佛那是他一生骄傲的出处

8

今日贝草夼：
天渐凉， 渐冷， 渐寒

今日贝草夼：
有人闲居家里
有人对着外面的阳光、 树木、 花草发呆

今日贝草夼：
是鹭鸶的河塘， 是麻雀的房屋和粮仓

是山水的秘密， 也是孤独的树影
对落花的问候

是羔羊用细细的触角碰到的树干
是草叶微霜， 是忧伤满径

9

阳光挤满了四周， 我听刀郎的歌
却听出了眼泪

"你是我的情人， 像玫瑰花一样的女人
用你那火火的嘴唇， 让我在黑夜里无尽地销魂

你是我的爱人， 像百合花一样温暖
用你那淡淡的体温， 抚我心中爱情的伤痕"

世界消失了， 只有风和湖水
才是彼此的情侣和仇敌

世界消失了， 只有车窗里的一只
黑蝴蝶， 才敢一次次地撞击着窗玻璃

10

我想与草丛里那只虫子聊聊
问问它是否知道， 什么是悲伤

我想在野葵花的身边坐一坐
问问它是否和我一样， 会患上厌世症

风哗哗吹过路边的栾树， 我抚着它
粗糙的枝干， 想问问， 是什么在替它
更新这高于枝头的痛楚

我绕湖一周， 以为已经忘了此行的目的
但看到坡地上的荒草， 泪水还是会夺眶而出

为什么这荒凉的世界， 要一遍遍地
向我展示奔波的痛， 遗忘的美

为什么我的秋天还没有打开序幕
就已经进入了尾声

抱着一棵槐花树，我哭到溃不成军

11

"两个好人在一起，可能不会走得太远"
有时候，电影和小说里都会这么说

像是宿命，多么冷峻，可现实如此
当车水马龙的黄昏，绵延而来
我看到的，是碎玉裂帛，是始乱终弃

我不要做那个含泪给你讲故事的人
我不要做那个独自的承担者

我只想知道，当命运把一切强加给我
我怎样才能做到——
不向任何人，陈述荆棘和沼泽

在一个人的孤灯远影里，我已经够勇敢了
可还是会败给生活

要在这个世上，人模人样地活完一生
多难啊！

12

老黄蜂在飞， 流水在唱
贝草夼的秋风， 正好路过贝草夼的悬铃木

如此宁静的下午， 我有理由
在心里反反复复想到一个人

如果我走在贝草夼的街头
会不会迎面撞进你的怀里

你会不会紧紧地拥抱着我
又傻傻地笑着

你说， 你去了远方， 刚刚才回来
你问我， 是不是很想你……

那时秋风过境， 阳光灿烂
树上灰色的斑鸠， 它的羽毛
就要被染成金黄

你好！ 八月里的肝肠寸断
你好！ 九月里的盈盈泪光

13

"落叶乔木。 冬芽密被淡灰绿色长毛

叶互生。花先叶开放，直立，钟状
芳香、碧白色，有时基部带红晕
聚合果，种子心脏形、黑色。"

不读《现代汉语词典》，我也可以
这样描述玉兰：喜光，耐寒
可露地越冬

在贝草夼，我所知道的
白玉兰，大抵是这样的

天高云淡，场景平常
热闹的人群，走过谷雨时节的大地
更多的玉兰树，立在道路的两边

在贝草夼，我所知道的
白玉兰，大抵是这样的

它们都曾经用一枚唱针表达过爱情
但现在，它们都习惯了沉默
偶有悲凉，也绝口不提

14

加缪将死亡列为人生的头等大事
除此以外，其他都是细枝末节

关于生死， 我不愿做出更多的回应
暴雨中的落花， 暗角的蜘蛛网
哪一个不暗藏命运的漏洞

一只花瓶， 也会尖叫着从高处坠落
它只想碎得更加彻底， 作为一个末路狂徒
再也没有比破碎更完美的事了

而我却要在这世上苟活， 替一个人
食人间的粮食， 看人间的风景
赡养我们白发苍苍的亲人

风从草丛里经过时， 我听到了
一声又一声轻轻的哽咽……

15

我有一本 《圣经》， 但我不愿从中看到
杀伐， 死亡， 毒汁， 受难

我也不愿在我的白纸上
写下这样的黑字 ——

步履维艰， 荆天棘地， 釜中之鱼
进退无门， 内外交困， 日暮途穷

时光里， 到处都是比喻的碎片

山下那块粗粝的石头呵
因哀伤， 而布满了尖锐的棱角

16

这是些有阴影的芭蕉树

…… 一棵， 两棵
我一直都这样， 数着过日子

许多个日子过去了， 我在数它们
正如我一直在数那样

我有很多的害怕， 害怕雪打桃花
害怕光线倾斜

害怕三三两两的枯木， 横七竖八
没有天长地久的模样

这些害怕令我矛盾。 有时它们是
海水起伏， 有时它们是阴影晃动

…… 一棵， 两棵
我一直都这样， 数着过日子

我怎样才能表现得，不像在数数

17

为了走出心灵的困厄
你必须学会和自己谈判

告诉自己，这世上有阴影
也不缺少寡恩负义的人

无论热闹，还是孤单
在人群中，都要活成我自己

放下刀锋的犀利，也许会是
另一种意义上的重生？

这个下午，我在困惑中
想通了另外一些事情

那些人——
多疑的，自作聪明的，沽名钓誉的
得寸进尺的，我对他们越来越有一种温柔之情

如果可以，他们理应得到谅解
因为，他们之所以绞尽脑汁，费尽心机
是他们从来没有被好命运光顾过

18

泪水， 幻象， 松脂的香气
会唱歌的村民， 是这个下午的关键词

远处的云层， 在树梢上一次次消散
又汇聚

"请允许我走开一会儿"
是谁在寂静处这样说话

"请允许我走开一会儿"
人多的地方， 我不知怎样说话

可是， 谁允许你走开——

你答应过我要白头到老， 你答应过我
要一生平安， 可是现在
你要把我一个人扔在这世上

一个声音却越来越低

"请允许我走开一会儿
请原谅， 我爱你， 却不能陪你一世"

19

猎户星座的 A， 和双鱼星座的 B
在湖面搭设迷局

狮子星座的 R， 留在这世上的
只有破碎的玻璃， 和被挤压的肋骨

—— 倾斜的光线中， 我不能把这世界上
所有的美和不美分隔

不能把苦痛、 忧伤、 沉重、 残酷
从这个世界上移挪

我不能指责乌鸦的黑
我不能指责 ——

威风的外表， 谁的？
强劲的心灵， 是吗？

所有的指责都是伤人的

那个在街头号啕大哭的人
他已被人世指责得， 体无完肤

20

这一天, 我在贝草夼
看到每一只鸟, 都有温暖的去向
村里升腾的炊烟, 缭绕的依然是人间烟火

这一天, 我在贝草夼
看到松树, 流下了黏稠的泪滴
——那琥珀, 闪动着灵润的光泽

这一天, 我听见艾米莉·狄金森
在对我说话
世界越来越大, 亲爱的人儿越来越少

可我仿佛看见, 隔着一层毛边玻璃
我们脸贴着脸, 手摸着手

我们的身后, 群山和树木暗下去
那亮起来的, 是满天的星星

原载《山东文学》2016 年 6 月刊（上）

魏峰山： 一曲写给家乡的悠扬长调

1

山上的梅花开到了第几朵
新发的嫩叶
是不是比花朵更有生命力

皎洁是月光的权力？ 流淌
是河水的本能？

它们撞在了礁石上， 是为了向青山
道一句珍重， 不轻不重？

绿苔新泥， 陌上清风
那些冬眠的昆虫， 是不是
也听到了雨落松针的声音

总有些叶子， 选择在春天落下
在新叶子来时， 悄悄让位

是不是有风， 把这些落下的叶子

又翻了一遍

你在山间行走， 是不是和我
一样， 看到了明亮

—— 青松之下， 蕨类茂盛
它们的每一次伸展， 都百转千回?

2

凉风拂衣， 我在山中行走

看山楂花和槐树花， 有着
月光一样的白

知道朝阳、 晚霞， 和落雨
哪一样， 都有它的好

"凡有发生， 皆有美意"

在魏峰山， 每一只蝴蝶都是
散落人间的花瓣

每一片细密的叶子， 都在为我
熬制治愈伤口的良药

3

途经几朵睡莲，一片侧柏

睡莲未醒，梦中有欢喜和落寞
也有虚妄和遗忘

柏子尚青，可以剖两粒放在手里
它们的香气，轻且清

人间沉浮的五月，林花疏凉
树影沉碧

抚琴的人，寻找高山流水的故人
我的身体里，有激情撞击胸腔

"在更高的天空，和流淌的
雨水之间
我愿意为一个人摘星成灯"

—— 如果你不介意，我也愿意
为这人间，泪流满面

4

山中潜心修行的事物有很多

柏树中薪的形体， 坡地上
纵横的荆棘

新绿的法桐， 在风里
摇来晃去
小小的松塔， 锁着星群的寂静

偶有雨滴， 落在树叶上
清脆， 响亮
仿佛自身带着留声机

在山中， 清风流水， 与世无争
每一片云都有最初的白

每一片被阳光催老的树叶
都会从月光下， 找回失落的童年

我怀抱琴弦， 看蔓草丛生
树木枯荣， 日沉星落

—— 圆润的内心， 波浪般起伏

5

借居光线暗淡的山中小屋， 我在
读一本书

和死去的作者，谈救赎与独处

也谈一个人内心的荆棘，如何
变成了露水与柳枝

杯盏晃动，我啜饮着窗外
虚幻的风声和雨声

想想浮生半日，世事也不过是
一杯，一盏
是端起，也是放下

"每个瞬间，都是永恒"

我心如倦鸟，但已有了归巢
泉水流淌的声音
叮叮咚咚，响在远处

6

你是否有过炽热的过去
或者，也曾沉睡于绵软的海底

你有多深？还在加深吗？
你有多高？还会长高吗？

你有爱人吗？ 是山顶上的
那棵杜鹃吗？
你有兄弟吗？ 是半山腰的
那些杉树吗？

松在远处， 天要黑了
你也和它们一样
向往远处的人间烟火？

春天万物天真， 各得其所
开花的树又将开出
满树的花， 种子要发芽

你是否也一样， 在风声
和日色里，
获得了永恒的安宁与幸福？

7

护林人的菜畦， 新翻出的泥土
有好闻的春天味

油菜花， 槐树花， 女贞花
总有一些花朵
会引来蜜蜂吸食花蜜

"它们怎么知道，花蜜
就在花管里？"

五月的魏峰山，植物们
都是温良的孩子

它们以各自的叙事方式
坚定着植物的美学

一年又一年啊，它们总是这样

开灿烂的花，长翠绿的叶
结饱满的籽

8

W，前路漫漫，山高水远
你眼里只有槐花和蜜
没有我，也没有蒲公英

我靠近一棵树，坐在山岗上
看月亮
我的心很轻，是你身旁的一阵风

F，高山有崖，树木有枝
前方孤沉的海只有一面帆

我在雨中站立，看云雀
掠过松针
风弯折在草木的香气里

我叫你 W，有时是 F
我只想告诉你
贴近甜蜜的，不是遍地的苔藓

如果你抬头，你会发现
天空不是空的

—— 微凉的火焰升起，已散作
满天星辰

9

来自泥土的，要回归泥土
来自天空的，要回归天空

"逃离世俗的方法，是深入到
更世俗的生活中去"

有些事情就是命运的暗示
像神迹，它们总是不期而遇

而保持沉默，是我对这世间

残存的最大善意

时光轮替， 人间纪年
我和那些风一样
偏爱这浓醉之后的山野

一茬花开， 又一茬花落
落红之上， 总有新绿替代桃红

10

我们在交谈中静默， 思考
偶尔也会调皮地
掠夺彼此杯子里的甜蜜

我说， "爱没用， 相爱才有用"
你说， "春风有信， 不负东君"

这些话滚烫灼热， 就像
一颗陨石
落在枝叶茂密的松林

W， 最好的关系永远都是这样
每一次给予都有回应

"我给了你一朵浪花， 你为我

捧回的，是一片大海"

每一个露寒霜冷的早晨，都是
一场蓄谋已久的别离

可我还是相信：在我与你
山与海，开始与结束之间

—— 写满了未完待续

11

年复一年，它们静坐聆听
在江湖深处度心

年复一年，它们开花结果
赓续的生命
繁衍在大地的褶皱

它们的眼里，有岩石
篝火和苍尘
有爱人，落日和晚霞

它们，有的被人抱着哭过
有的被雷电击过

西风渐起， 南风相送
它们还想在光秃秃的枝头上
为人间亮起一盏灯

—— 我说的， 是山中那些乌桕树

12

……那是哪一年啊
你背着一捆燕麦， 从山中走来

山下， 水汩汩涌入麦田
沟畔的蒲公英
一朵一朵， 全都开满了黄花

"心就是拿来碎的！"

那是哪一年啊， 蒲公英
远走他乡
燕麦翻过阡陌， 学会忍痛放弃

只有云彩， 驮着雨水行走
它悲伤的内心
像瓷器开片， 种子炸裂

为了落下， 它用一生练习

在轻盈中获得沉重

13

承认这世上有庙堂之高，就有
江湖之远
承认光线最亮的地方，阴影也最深

承认蝴蝶是花瓣的化身
风频繁地来往，只为收集
遗落的碎片

承认自己曾像布谷一样
在山间觅食，归巢
相信所有的爱情，都是心生欢喜

夏日回来的时候，我也曾像流水
淌过青草，绿地
眉目间也曾蓄满天真和雀跃

我承认，灰烬也有隐秘的暖意
比蝶翼更细腻
比一个人的回忆更擅于低语

14

那一年，山雾弥漫，白鹭躲雨

那一年，青灯黄卷，内心成灰

我遇到的那个人，说漫山遍野
都是碎金
鸟骨和马蹄铁，会变成墨绿的宝剑

我没有看到他说的一切
只看到群山间
藏着的小庙，有僧人说起菩提

又看见水波荡漾，流星飞逝
这人世间
好像经历了一次又一次轮回

那一年，梵音诵涌，寺院落成
高大的柳苏又白花满树

我在树下站立，想到从前种种
热泪又滚滚流出

15

我的身体里，也会有暮色升起

有时候，它是一粒被伤心
蛀空的果子

里面住着寒冷，抑郁和酒

有时候，它也是背着露珠
疾行的瓢虫
想做流星，离开这滚烫的人间

"……陆地是抬高的岛屿
一切仍归于汪洋"

不要试图与我谈论哲学
也不要与我谈所谓的人生

每一片嫩绿的新叶，都在阳光
和风里闪闪发亮

我从它们身边走过，活得
就像一枚谎言

16

到了秋天，要说的都交给蟋蟀
要做的都交给风

到了秋天，叶脉要分明
秋骨要伶仃
满世界奔跑的人，要随流水看白云

"……天上有明月朗朗， 人间
有花朵飘香"

乌桕树的心里没有荆棘， 对着古松
也不会咬牙切齿

远处的天空， 比去年蓝
远处的波光被鸟鸣点亮

远处的乌桕树， 像一片黄金
堆积在山中

17

谁播下的种子， 又长成了庄稼
谁栽下的树木， 茂密且开着繁花

谁在秋天， 找到了鼠尾草
谁带着粮食上来， 让林中的鸟儿
又可以活过寒冬

冬至那天， 山上的风特别大
好像在和谁赌气， 打架

落下的树叶， 却有着重回
大地的喜悦

它们觉得每一次死， 都是一次生

18

我曾在高处， 看过南山和雾霭
我也曾在低处
听流水淙淙， 绕石而去

我曾经以为， 地平线永恒平静
人间的缘分就像流星

"不， 还有一种心照不宣
远胜于爱情"

我也曾读尤瑟纳尔的《火》， 不把
距离看成刀锋

现在， 生活告诉了我
它本来的意图

—— 我所经过的一切， 就是
我的一生

19

流水清浅， 鸟鸣翠绿

熬过冬日的玉兰，又重新
开始打苞

我从酢浆草的手中，接过了
一个春天，又一个夏天

多好啊，细草繁花间
又听见雏鸟啁鸣
它们眼睛发亮，身上有光

我在路边站立，等待栾树
结满秋天的小铃铛
等脚下含金的稻谷，慢慢成熟

——远处，被风吹皱的湖水
住着人间的灯火阑珊

20

此心安处是吾乡

2021 年"诗意环翠"全国诗歌作品征文大赛获奖作品

图书在版编目（CIP）数据

给我辽阔的 / 阿华著. —济南：山东文艺出版社，2021.12

ISBN 978-7-5329-6472-7

Ⅰ.①给… Ⅱ.①陈… Ⅲ.①诗集—中国—当代 Ⅳ.①I227

中国版本图书馆 CIP 数据核字（2021）第 245897 号

给我辽阔的

阿 华 著

主管单位	山东出版传媒股份有限公司
出版发行	山东文艺出版社
社　　址	山东省济南市英雄山路 189 号
邮　　编	250002
网　　址	www.sdwypress.com

读者服务	0531-82098776（总编室）
	0531-82098775（市场营销部）
电子邮箱	sdwy@sdpress.com.cn

印　　刷	山东临沂新华印刷物流集团有限责任公司
开　　本	650 毫米×960 毫米　1/16
印　　张	13.5
字　　数	148 千
版　　次	2021 年 12 月第 1 版
印　　次	2021 年 12 月第 1 次印刷
书　　号	ISBN 978-7-5329-6472-7
定　　价	49.00 元

版权专有，侵权必究。如有图书质量问题，请与出版社联系调换。